당신의 계절

이 도서의 국립중앙도서관 출판예정도서목록(CIP)은 서지정보유통지원시스템 홈페이지(http://seoji.nl.go.kr)와 국가자료종합목록 구축시스템(http://kolis-net.nl.go.kr)에서 이용하실 수 있습니다. (CIP제어번호 : CIP2019034008)

당신의 계절

시와정신

■
시인의 말

시집을 생각하면서 어머니와 먼 이별을 했고 그 시집을 묶으면서 아버지와 작별을 했다. 그 사이 예쁜 식구를 맞이하고 새 생명을 선물로 받았다.

여전히 그칠 줄을 모르는 일상이라는 소용돌이는 밤마다 흔들리는 물음표 아래에서 반짝이던 별꽃들과 머리를 마주 대하게 해 주었다.

아무런 연고도 없이 불어온 바람과 피어난 꽃들이 기억의 빗장을 열어 어지럽게 흐트러진 자음과 모음을 모아 사랑과 추억이라는 팻말을 달아주었다.

뒤뚱거리듯 미숙하고 어색하고 부끄럽기도 한 첫 발걸음의 자국들이다. 그러나 변하지도 퇴색하지 않을 익숙한 나의 비밀번호, "chlhs01"가 그 팻말의 생명력을 더해 가주리라 믿는다.

따뜻한 동행, 시나무 동인, 시금치에서 만난 귀한 분들과 시와 정신의 김완하 교수님과 시문의 문우들에게 그리고 아내와 쟌과 혜영, 마이클, 크리스와 지연의 응원과 기도에 감사를 전한다.

박창호

차 례

___ 제1부

___ 제3부

____ 제5부

제1부

새순의 노래, 별에게

나를 희망이라 불러준 네가 궁금해진 하루를 기다림으로 보낸 밤 겨울잠 깬 내게 네 가슴 열어 희망이라 속삭인 너, 길고 길었던 나의 겨울 얘기를 나누고 싶어진 건 네게도 나와 같은 겨울 얘기가 있었다는 것을 알게 된 때문이지 나의 투명한 듯 여린 새순을 희망이라 읽고 있는 것처럼 너의 가물거리는 모습 또한 희망의 첫 신호인 게 틀림이 없어 북풍 찬 서리 눈보라 속 얼음 굴에서 숨죽여 딱딱하게 굳어지고 말라 가지 않았더라면 난 오래전 벌레들의 밥이 되고 흙 속에서 썩어지고 말았을 거야 모든 죽어가는 것들과 마지막 꿈마저 사르는 이들의 슬픈 얘기 지켜낸 너의 수 없이 많았던 날의 사연처럼, 주르륵 흘러내릴 것만 같은 촉촉한 눈물만큼이나 밝아진 나의 연한 살 속까지 네가 스며 들어와 주었지 밤 깊을 수록 네 눈가의 미소가 더 아름답게 비칠 첫 4월의 봄밤을 기다리며 나의 붉은 꽃의 열망과 소원까지 환히 읽어 내리고 있을 너에게 그리움의 길을 열고 5월의 강둑에 서는 날 나의 짙은 향기로 너를 다시 만나게 될 날을 기다릴 거야

물돌

바람의 이야기 쌓여
잎이 된다
새겨진 활자가 깊어져
뿌리가 된다
빗물에 씻기어 끝내
흙더미로 쌓이다
굳어져 가는 흙이 된다
층층이 지나온
기록이 되어 남다
갈라지는 파열음에
마지막이 아닌
새로운 이분법으로
풀어지는 생존,
귀 맑은
물돌의
긴 바다 얘기
모래 되도록
쌓여간다

머무름

빨간 꽃 진 자리에 파랗게 멍든 자국

무리별 눈물인가
지난 꿈 무덤인가

서러운 달 그늘 삭는
갈 길 잃은

머무름

낮달

흰히 밝힌 긴 밤
시카고의 북쪽 하늘의 하루 일기를 쓴다

덩그렇게 외로이 여위어 가는
양로원 양 씨의 915호실
투명한 얼음같이 깨어져 흩어진 싸늘한
한숨과 기침 소리 듣다

별빛에 목이 말라 우는 울음,
메말라 갈라진 허연 황토가 되어
스물세 해의 하늘을 등진 엔드루의
사연을 궁금해하며

그해 유월 포성에 귀먹은 개성 할머니
이산의 아픈 살점을 홀로 긁어내린
별후의 텅 빈 공간
바싹거리는 검은 재 되어 나르는,
조각난 사랑의 잔해를 바라다 본다

나의 그림자마다 채워진

축축한 눈물의 무게와
부풀어진 아픔의 부피가
자전의 축을 멀찍이 밀어 붙이는데

저만큼 아무렇지도 않게
하루의 길이를 나열하다 재며
푸른 잎들을 살피며
열매를 익혀내는 햇살은
종일 바쁘기만 하다

등꽃으로 피어나리

얼굴얼굴
미소가 밝다

허다한 세월 낡아져
서산에 걸린다 하여도
옛 애기에 기대 앉아
꿈을 만지작거리다
간지러운 손끝으로 추는
한 폭 춤사위

먼 길 돌아온 제 자리에는
아직도
햇살과 비바람에 숨겨 둔
낡지 않는 젊음이
펄럭이다 꿈틀대며
그날처럼 자라고

어느 봄 시작하는 날 같은
수려한 얼굴마다

그침 없는 소통의 통로에서
이어지는 속삭임마다
주렁주렁 손을 잡고
피어날 등꽃

군불로 데워내는
십이월 만남의
미소 위
오월의 그리움이
입술 끝에
가깝다

안경

흐려진 실상으로 읽을 수 없던 글들
깨끗한 모습으로 드러난 제 모습들

옮겨온 촛점 거리에

허상으로

맺힌
진실

새벽 철길
- 브라운 라인

푸석거리며 흩어지는 헛기침,
영하 25도의 새벽길
검정 구두 신고 나선다
토해내지도 않은 말조차
입 속에 얼어 동강나 부서지고
뽀드득 눈길 밟는 소리는
거칠고 바쁜 발걸음을 삼키고 만다

길게 뻗어 반짝거리는 철길,
육중한 무게와 속도의 기억은
하얗게 잃어버린 채 누웠다
눈발 날리는 철로 위로
반짝이는 비늘이 뿌려지고
긴 세월 풀풀 흩어져 내릴 때마다
섬광의 서울의 거리가 스쳐 지나간다
5월 봄빛, 오렌지 향기처럼 지던
영등포의 서쪽 하늘 감싸던
면실 같은 한 줄 목소리
떨리고 울려

눈 뜨는 사이

시려 오는 어깨 위로 내려앉는
첫닭 울음,
철길 흔들어 깨우는 소리에
켜지는 전광판
"ARRIVAL DUE 2 MIN"
다가서는 키 큰 사람들의
수풀 속을 걸어 들어가는
이방인의 하루를 깨우는 초읽기는
오늘도 소란하다

등불 하나
(이해인 시인의 '그대 오는 길 등불 밝히고'에 답하여 쓴 시)

　　당신의 가슴 밝아져 긴 어둠 속을 뚫고 나온 솜털 같은
주홍빛 등불 하나가 눈 속에 들어섰습니다 곤한 날들 타들
어가는 목마른 가슴 견딜 수 없는 그리움 안고 가물거리는
당신 가슴의 등불을 향해 발을 내디디었습니다 아픔이 된
고독과 슬픔이 된 상실과 망각이라 할 허탈감을 걸쳐 매고
질긴 어둠을 헤쳐 당신이 켜신 희미한 등불을 향해 나아갔
습니다 내어주신 빈 의자에 허기진 몸과 고단한 짐들을 내
려놓고 가쁜 숨을 돌려 쉬며 눈꺼풀이 세상을 덮었을 때 당
신이 켜두신 등불이 온몸을 휘감아 머물러 기다려 준 것을
알았습니다 처져 무너진 어깨 위의 귓속으로 둘려오는 소
리 친구라 불러주는 교향시의 하모니로 배를 채우니 허기
져 까무러진 눈꺼풀은 연두색 그리운 낙엽의 심정으로 당
신의 속삭임을 듣습니다 허탈한 것과 견딜 수 없었던 그리
움과 아픔이 모여 당신이 켜두신 등불을 향하는 발이 되었
다는 것을 이제야 비로소 알게 되었습니다

뿌리

연보라빛 싹눈에 달린
뿌리 있다
곧게 선 꽃대에 내린
뿌리가 있다
겨우내 서 있던 마른가지의 나무에도
뿌리는 있었다

불어오는 4월의 맞바람의
뿌리 있다
뿌려지는 빗방울 소리의
뿌리가 있다
봄날의 흩어진 꽃향기에도
뿌리는 있다

네 눈가에 흐르는 아름다운 미소의
뿌리 있다
반짝이며 흐르는 투명한 네 눈물의
뿌리가 있다
주름진 연륜 이마의 사연에도

뿌리는 있다

하늘에서 내려오는 서러운 밤의
뿌리 있다
어둠의 그림자를 지워낸 새벽의
뿌리가 있다
빛의 힘으로 태어난 모든 생명에도
뿌리는 있다

인생이 가는 길에 허허로이 남겨진 미련의
뿌리 있다
가슴을 끝내 휘어돌아 내리는 그리움에도
뿌리가 있다
맛있는 삶을 향기롭게 구워내는 사랑에도
뿌리는 있다

삶이라는 등불을 환히 켜는 마음의
뿌리 있다
머리를 들고 달려가게 하는 꿈에도

뿌리 있다
마음을 담고 꿈을 채우는 그릇 존재의
뿌리가 있다
두 눈을 감고 끝내 만나게 될 영원의 시간에도
그 뿌리가 있다

해오름
- 싹 틔우기

해오름에
날개달고 퍼덕이는
빛줄기
그대 이름 앞
숨을 끊고
애타게 모종한
당신이라는
이름 새겨넣어
긴 호흡 몰아 쉬는
날숨

하얀 뿌리의
생장점의 단초를 눌러
허공의 산소
또르르 굴러 내린
매 순간마다
잎파랑치의 신비를 캐내
긴 팔 뻗어
허공을 채워 가는
들숨

응시

떨어져 내린
꽃무덤에
머무는
응시

꽃 무덤보다 더
슬픈 눈길로
머무는 사람아
저 꽃들의 함성을
들어보시게

네 설운 날이
낯설지 않다고
화답하는
떨어진 꽃들의
노래를
말일세

소나기

금세 S자
바람이 그려진다
뜨거운 공기
비릿한 바람의 냄새를 주워 담고
흙빛 울음은 고개를 들고 모여들어
저만치에서 눈을 뜬다

한때 삭발한 채로 음지에 찾아들어
읽어대던 미분 방정식의
해를 찾아 끙끙대던
고통이 꺼먼 하늘에 재현되고

울음을 기다리다 지쳐 늘어진
땅거미 지는 구름 사이
햇살이 발톱을 세우고 할퀼 때
후드득 두꺼운 눈물
듬성듬성 찍힌다

쏟아져 내리는
한나절이 강물 되어 흘러

출렁거리다
백치 된 하늘은
울음을 멈추고

아무렇지도 않은 듯
풀어진 방정식의 해처럼
지평선 산등성이에 햇살이
터득 주저앉는다

또 S자 바람이 획
그어져 내린다

산책

초가을
해지는 길 따라가다
머물러 서다
눈을 감고야 만나는
하늘 맑은 소리를 듣다
발갛게 익는
사과 향내 입속에 물다

흔들거리는
갈대의 음율
한 박자씩 익히다
말이 없이 흘러만 가는
강물에
느닷없이 안기다

귀로 듣다
눈으로 그리는
매미 소리
한 움큼 손으로 날려

다다르는
양떼 구름 속으로
노을은 물들다

붉은 빛으로
얼굴 씻는 옅은 바람
목젖 타고
흘러 내리다
손끝에 걸려
바삭거리는 갈 바람
비비며 만지작거리다

바람에 실려오는
그 사람
가슴에 쌓이다
마음으로
기웃거리는
실눈 뜨는 허전함이다
기억 속의 동공을 여는
빛바랜 영상이다

쉼표

햇살이 긴 한숨 쉬어가는
갈대밭

그늘마다 숨겨진
한 박자 쉼표

팔세토*의 정오를 향해 장전한
숨 고르기와
침묵이 흐르는 곳

풀 냄새를 내미는 그림자 새로
닻을 내린
한동이 꽃구름 핀다

그곳에 안기어
첫 박자 내리어
부르는 노래

붉은 꽃잎 펴는

수련 한 송이

* falsetto : 가성

제2부

가을

허물 벗고 막다른 길에 선 날

마지막 더운 숨결
하늘가에
걸어두고

숨기는 은밀한 미소 새겨두는

새 약속

뒤돌아선 가을

숨 차오르는 짙푸른 하늘 아래
흐르는 물길이
굼실굼실
여유를 부린다

숨죽여 살근거리는 바람결에
슬며시 눈을 뜨는
대나무 숲의
사각대는 속삭임이 바빠진다

우두커니 서서
게으른 하품 하던 해오라기
푸드덕,
간지럼 타는 첫 날갯짓에
한가로이 내리던 햇살은
은빛으로 부서져
흩어지고

수면의 고요한 떨림이 일 때마다

저만치 달려나가

철들어가던 가을이

제 모습에

넋이 빠져

뒤돌아

가던 길을

멈추어 서 있다

초상肖像

거우내 접었던
화첩을 펴고
붓을 씻는다
연두와 주황의
물감을 풀어
황금 분할 교차점에
첫 점을 놓고

초벌로 채워가는 그림 속 풍경
덧칠과 고침의 마무리로 한 뼘씩
채워져 가는 봄

먼 하늘의 구름과 반짝이는 물결에
하이라이트의 점을 찍어 끝내기
손을 비비며
붓을 씻고 한숨 돌린다

한 발짝 물러나 말없이 머물면
그림 속 봄 물결 위로
한 뼘씩 그려지는 익숙한 사람

그리움 한 조각 없이
긴 겨울 길 돌아와
느닷없이 대하는 얼굴
동면의 길 걸어나오는
나의 초상

가을 옥수수밭

빗물 몰고 오던 가을이
시야를 가려놓고
고개 숙인 옥수수
익혀가던 땅의 열기를
싸늘하게 식혀 내린다

어딘가에서
동 동 동 동
쓸어내듯 말갛게
속살의 땅을 드러내고
한여름 따가운 볕에 시달리다
헛말처럼 토해내는 흙은
검은 빛깔이다

생명을 낳고 산화한
죽음같이 버려진 땅은
봄과 여름의
푸릇한 추억만 간직한 채
가을비를 마시고

까무러친다

언젠가
먼지처럼 작은
사랑이
검은 살 속으로
다시 내려앉는 날
쉬어가던 태생의 비밀은
흘러가는 이야기가 되고
살아가는
오늘이 되는 게다

겨울 동화야

바깥 한파는 땅을 에이고
하늘은 얼어붙어
바람마저
쩍 갈라지는데
샤롯, 넌
어미의 하얀 속살의
간질거림에
스르르 눈을 감고 마는구나

새순처럼 다문 입술
널 바라보다 놀라는
눈길들 은밀하게 삼키고
두껍고 터실한 껍질 같은
세상 소리 여전히 소란해도
들여 쉬는
너의 작은 뱃속 호흡은
길고도 은은하게 흐르는 날숨의
종소리 되어 들려주는구나

꼼작거리는 열 손가락마다

별 그림자를 숨겨두고
맑은 이마의 생기는
마른 가슴에 흘러내려
푸른 샘 솟게 하는
강보에 싸인 겨울 동화야,
너의 궁금한 얘기의
첫 꼭지는
환하게 미소짓는
포인세티아가
열어주고 있구나

객실

깊어진 골 위로 내리는
어둠 훑어 내리는 빗질이다

얼기설기 섞여 내려앉은
얼음 비 봄비 엉겨 붙는 그물 망에 포획된
낯선 대륙의 도시는
길게 휘어져 서먹해진 가로등 빛에
기울어지다 휘청거리다
굵고 낮은 소리의 이명을 남긴다

아직도 멈추지 않은 동짓날 그 기침에
허한 걸음 휘청일 때마다
툭툭 한 마디씩 불거지는 적막은
객실 앞에서 갈 길을 잃는다

마모된 정상엔
이제 더는 꽂을 깃발이 없다 외쳐대는
전자시계의 목마른 쌍점의 외침에
긴 포물선을 그리며 떨어지던 음표는
이윽고 쉼표가 되어 찍힌다

겨울비

비슬산 돌아가던
구름이 멈추어
끝내 울음 울던 날

겨울비는
소소한 그림자 같던
사랑을 뒤척이다
그녀의
접시꽃 동공 속으로
뿌려진다

빗줄기
더듬어대는 소리에
멋쩍어 둘 데 없는
차가운 손을 부비며
딴청을 부려도

가슴에
툭툭 떨어지는 소리는
봄

여름
가을을 지나온
잔상이 되어 남고

창문마다 그어대던
투명한 물방울
애타는
안개 그림에 패인
뿌연 문신을
남겨 놓고야 만다

당신의 계절

꽃들 속으로
빗물처럼 내리는
달빛
오월의 저녁은
하얀 빛으로
스며오는
그리움이다

계절 모르고 핀
연하고 붉은
장미의 잎 속엔
아직도
하늘처럼 맑던
그 소녀가
담아내던 달빛의
눈망울이
반짝이는데

잠시라도
눈을 감으면
주루룩

흘러내릴 것만 같은
염원의 아침을
만지작거리는
섬섬옥수의
어미의 눈길
6월을 향하여
바라다 보는
당신을 만난다

삶이 희망이라는
제목의 묵화를
온 육신의 화선지에
하얗게 물들여가며
써 내려가는
당신의 계절은
노래가 되고
이 한적한
오월의 밤을
흔들어 흔들어
깨우고 있다

더위

폭군 같은 열기에 점령당한 오후
솟아나는 땀방울
소금 꽃 피어난다

비 소식
떠나간 님처럼 아득하고
쏟아 붓는 물줄기 얼음 찜질도
타는 목마름 해소되지 않아

미토콘드리아의 공장
모든 스위치를 켜
정해진 설계도 따라
끝없이 컨베이어벨트를 돌린다

백 년의 기억 복원하는 비밀의 코드,
긴 음각의 사다리 내려두고
질척한 습지대 지나 끓이고 굳혀내어
양각의 자리로 채운다

불면의 밤, 사막 건너는 동안
달콤한 향내 익어 가는 가을은
저만치서 서늘한 손짓하며
뒤뚱거리는 걸음걸이로
언덕을 넘어서고 있다

유월의 만남
– To Mia

노을은 언제나
마음 한 곳을 습관처럼
문지르게 하지
바라다보이는 서쪽 하늘
하루의 끝에서 나를 기다리고 있는
소중한 것들에게 빗금을 그어준다

누군가의 눈물 같고
누군가의 미소 같은
스쳐 지날 수 없는 붉은 머무름에
피해 갈 수 없는 대면은 시작이 되고

말끔히 세수하고 다가서서 기다리는
겨울 눈발이 면면히 새겨준 이름
새잎 피는 봄바람이 건네준 그 이름이
품속에서 머물다
꿈틀거린다

날아와 하얀 날개 펼치는 이름과
만나야 할 창문을 열어 두고

마주한 두 손에 내려앉는
이름 위에 입맞춤하는
눈을 감는 축제,

기도로 쓰는
우리의 얘기가 어둠속으로
이어져 내린다

지는 꽃잎

찬란한 봄
벌과 나비
숨쉬어 날게 한
꽃잎 모아
나의 봄날의 초상을
남겨 두리라

긴 여름
발갛게 달아오른 해거름에
입술 끝
맴돌다 끝나지 않은
멜로디,
사월의 그 노래를 따라 부르며

이파리
툭 툭 떨어져 내려
싸늘한 기억조차 희미해져 갈
시월엔
내 눈 속에 새겨넣은
초상으로

설레는 가을을 살리라

투명한
그리움만 남길
햇볕 내려 쬐는
모진 겨울 얼음땅에
귀를 파고 눈을 달아
그림꽃 한 장의
푸른 꿈
하늘 나르는 날
살으리라

그리움

후끈한 기운 밀쳐낸
시월의 냉기가
서들러 밤하늘을 점령한다

목젖 아프도록 기다리다
그리움 토해내는 가을은
봄, 여름을 지나온
연두의 꿈을 모두 털어버리고

다시는 만날 기약이 없는
당신을 꿈꾸며 기다리는 염원은
창밖의 하얀 무서리 되어 내린다

달빛 밟고 찾아 오는
당신 발끝이 닿는 곳
고즈넉한 춤사위로
펼치는 나래 아래로
떨어져 내리는

희고 붉은 꽃

꽃무덤 쌓여 간다

나그네

습관처럼 바라본 일몰의 하늘,

여우비 몰고 지나간
여름 끝자락의 서쪽 하늘엔
뜬금없이 솟아오른
하얀 달이 머물러 선다

멀어져 가는 달인지
다가서고 있는 달인지
머뭇거리는 빛줄기 사이로
마른 기침 같은
오래 묵은 하늘이 쿨럭거리고

접어둔 책장을 펼치듯 만나는
오랜 기억들은 빛바랜 틀 속에 갇혀
날개 하얀 깃털을 쓰다듬으며
수감 중인 날의 수만을 헤아린다

서늘한 바람 한 조각 내려앉는
한적한 길가에 구르는

외로이 초점 잃어가던 생각들은
계절의 입구에 서서
아직도 뱉어내지 못해
끝나지 않은 변론의 페이지의
열과 행을 지키고 서서
기다린다

긴 세월 지나도록 늙지 않고
여전히 먼 길을 재촉해 가기만 하는
자라지 않는 그 소년을 향해
철 지난
민들레 한 송이
검은 차창 밖으로
손 흔들며
멀어져 간다

제3부

반가웠어, 윤정

외가의 식구를 다시 만나게 된 날, 어머니의 누런 광목 치맛자락의 기억은 여전히 먼지 속 갇힌 묵은 날들을 툭툭 털어내고 끝나지 않을 것 같던 아픔도 슬픔이던 마지막 애기도 이제는 새 글로 쓰이고 있음을 알았다 그러나 아직도 새벽 기차 소리 속으로 빨려 들어가는 빠른 공기의 흐름 속에 금세 지나가는 얼굴들, 약목의 기차역 대합실에 걸린 얼굴들은 그날 그대로 남아있고 어린 이모라 부르던 소녀들은 멀고 먼 산동네 한 바퀴를 돌아 가끔 들려오는 기침 소리와 대청마루 식지 않은 화덕이 놓인 그 자리로 끊임이 없이 되돌아오고 있다 오직 그림처럼 남아있는 그 얼굴들이 어찌 아득한 세월 고향을 떠나온 두꺼운 현실의 살 속으로 숨어들어 어둠 한 줌씩을 밝혀 걷어낼 수 있는 것인지, 모진 날들 견디어내던 곤한 팔과 다리를 질끈 동여매며 웃음 잃지 않던 그 소녀들은 어찌 삶의 독백이 목까지 차오르는 차가운 공간을 은근한 화롯불로 데워 낼 수 있는 것인지 모를 일이다 수수꽃다리 피는 오월의 향기로운 해거름, 어머니의 손끝처럼 다가온 선물 같은 밤이 살포시 내려앉는다

팔레르모 대성당

로사리오 나무 아래
굳어져 가는 응회암
세월이 그린 그림 속에 박힌
잠들지 못하는 눈들이
아픈 날들 기억해 내고 있다

미로를 타고 달려온
전사들이 남긴 세 평 공간엔
제왕의 문장 새긴 문양이
늙지 않는 나이테를 새기며
허물어진 날들을 새우고

숨길을 멈추고
더듬이의 촉수를 뻗쳐
타지 않는 심지를 향해
발하는 은빛의 주검은
어둠이 더할수록
환히 밝아지는데

천년의 바닷소리와

끊어진 군대의 함성을 기록한
시칠리아를 스치는 바람은
벌레 먹은 꿈이었다
어제를 잊어버린 이들의
어깨를 두드리고 가네

푸념

아둔하게 불편하게
반세기나 되는
인생을 산 게지

맘 한 쪽 다 자랐다
여긴 적 없고
한 마디 말
글 한 쪽
온전히 전한 적 없었다
여겨지니

획
둘러만 보아도
세상 가득히
푸르고 붉고 노란 것들,
온전한 염색체로 태어난
과일과 채소도
비바람 햇볕
삭풍 찬서리의

모진 시간에
익어가듯

궂은 날 많아
땀방울 숭숭한
세상살이
긴 한숨 외마디
놀람에
인생이란 것
그렇게
푹 익어져 가는 것인 게지

추억

1.

밥이 살이 되듯
살이 사지가 되듯
기억이 내가 되듯

추억,

시리고
따스한
가슴이 된다

2.

이별이 눈물이 되듯
눈길이 마음길이 되듯
그리움이 사랑이 되듯

추억,

아프고
살가운
심장이 된다

3.

별 하나의 마음이 되듯
갈 바람 삶의 흔적이듯
엄니 가슴 존재의 모태이듯

추억,

머무르고
떠나가는
삶이 된다

아버지꽃 엄마꽃

한밤중
살며시 지나다
만난 두 분 얼굴
달빛 일렁이는
숨소리에
하얗게 써내리신
당신의 가슴 속
일기를 만난다

두 손으로
건네시던 손길마다
가뭄과 폭우에 어렵게
맺힌 열매를 주시고
당신의 잎사귀마다
흐르던 봄비로
웅성거리는 세상의 소리
끊어내어 평안을 주시고

말없이

삼키시기만 하시던
하루하루의 역사는
사랑의 기록이 되어 남아
잠들어 누우셨다
반석 같은 집터에 핀
백장미 아버지 꽃
시들어 스러져도
땅속 깊이 뿌리 되어 내리는
향내 되어 남았고

도란거리는 사랑채에 핀
엄마 꽃 라일락
부서지고 부서져
기왓장 속
꽃살문
격자살 창호마다 베어
주고받는 얘기 되어 남았네

그날

노천강당
깊은 계곡에서 들리던
슈벨트의 연가곡을
만나던
그날

보리수에 걸린 달빛
주렁주렁 매달려
그림자 속으로
내리던 하얀 빛과
달빛 속에 잦아들던
그림자 서로 교차하던
그날

침묵하던 입술과
달빛 젖은 까만 눈동자에 쓰여진
너의 얘기가 또렷하게 읽혀지던
그날

숲을 풀쩍풀쩍 뛰어 넘어든
트럼펫 소리
별들을 흔들어 깨우고
갈길 잃고 흔들거리던
4월의 봄밤을
목마르게 타들어가게 하던
풀내음 속으로
너의 살 냄새가 자욱히 흩어지던
그날

쿵쿵대는 소리 둘 데 없어
너의 하얀 손에
덜컥
기대고 말던
바로
그날

친구

눈길을 던져
마음의 길을 터는 이가
있더이다

마음의 길을 터
만남의 길을 터는 이가
있더이다

만남의 길을 터
삶의 길을 터는 이가
있더이다

삶의 길을 터
인생의 길을 터는 이가
있더이다

인생의 길을 터
동행의 길을 터는 이가
있더이다

사람

이 세상에 한 사람 있으면
사람이 될까
짐승이 될까

바람부는 언덕에 선 어느날
그는
한 손에 돌도끼를 들고
한 손에 사냥한 토끼 귀를 쥐고
무엇을
생각했을까

"우 우 우 우"
하는 말로
물음을 물었겠지

하늘을 보고
별이 떨어지던 그 날의
미동
"어 어 어 어" 하며

속에서 일던
얄궂은 느낌
그 뭉클한 것

그건

'그리움'
바로 그것이었을 거야

그 첫 그리움을
시작한 이가
첫 사람이었을 거야

당신은 꽃이에요

당신은 꽃이에요
당신은 진짜 꽃이에요

제발,
시들은 척 하지 말고
조화인 척도 하지 마세요

그냥,
가만히 있어도 아름다운데

한 번씩
바람에 흔들리면
지나가던 구름도
찔끔찔끔 비 뿌리고

날아가던 새와 벌, 나비도
참지 못해 춤을 추게 되잖아요

당신은 진짜 꽃이에요

기억 속에 아니고
추억 속에는 더욱 아니고

꼭
잊지 마세요

햇살 내리면
향기 뿌려주는
당신을 보는 이들이
이유도 모르는 행복에
왕자 되고 공주 된다는 것을
말이에요

잊지 마세요

당신이 꽃이라는 사실
말이에요

우정
– 네 이름

별 밤에 바람 자니 가슴이 노래하고
달밤에 구름 끼니
보고파
찾는 얼굴

눈 감아 내린 어둠 속
타오르는
네 이름

잊히어 멀어져 간 아련한 목멤으로
허전한 공간마다
채워진 지난날들

덧없이 떠난 세월이
새겨두는
네 이름

나의 마을

제 자리에 서서
기다리던 가을을 바라다 보며
노랗게 빨갛게
물들어 가는 것을
기억하고 추억하는 것은
참담한 일이다

걸어가며
흔들리는 수풀 속에 새겨진
지난 겨울이 남기고 간 상처와
움트는 봄날의 기다림과
여름날의 용틀임을
읽어내어야만 한다

걸어 온 길마다
자취가 되어 남은
하루하루 심은
나의 나무를
바라볼 수가 있어야만 한다

먼 훗날 수풀이
햇살 비치는 나의 마을이
되는 날까지
길은 연하여
쉬어갈 언덕이
되는 날이 오기까지

그 사람 품을 때

세미한 소리로 들리던
그 사람 이름 품을 때
떨어지는 물소리는 흐르는 음계 되어
하얀 깃털 달고 살 속을 타고 들어와
가슴통 울리는 노래가 된다

여린 마음으로 보내온
그 사람의 눈길을 품을 때
붉은빛 강물은 펄럭이는 깃발 되어
언덕 위 솟아오르는 꿈길 여는
얼음장 침묵을 흔들어 깨우는
떨림이 된다

조용히 걸어온 길 여전히 흐르는
그 사람의 숨결 품을 때
어둠은 쿨렁이며 다가선 검지 되어
무엇을 위해 어디를 향해
달려갈지를 밝히는
밑줄 긋는 채색의 형광이 된다

별리 후

주저하던 눈빛
한 동이 남겨두고 떠난
향기로운 꽃비에 젖던 사람
훅하는 여름밤의 잠은 깨어날 때마다
각진 부챗살 그리움으로 살아나
하얀 바람을 일으킨다

속살의 숨결로 스며들어 머물던
오랜 기다림은
한 장씩 쌓여가는
동판의 그림이 되어 남고

어느새 여린 뼈마디에서
거울 같은 추억의 날들이 자라는 사이
툭툭 불거지는 두려움
마주 대하다 지쳐가다
눈물 젖어 새살 돋아나는 물때는
파란 경계선을 그려내고 있다

기원

너에게 나를 말하지 않는다 하여도
지난날 설익어 움츠린 나를 영글게 한
햇살 속 투명한 알갱이들로
네 가슴을 붉게 물들게 하리라

옛 얘기 같은 추억들
어제의 새벽잠 설치게 하던
소소한 걸음걸이로 걸어 나와
홀로 가야 할 네 어두운 발길의
동행이 되게 하리라

흠뻑 비에 젖어 내리는
눈물같이 익숙한
그리움의 그늘에 핀 꽃들로
텅 빈 하늘을 가득 채울
노래 넘쳐나게 하며

여물어간 네 입술로
시를 짓게 하여

더듬는 미로의 길목마다
흔들리는 깃발 흔들어
모든 등을 기댄 이들이
하나 되게 하리라

기다림

불어오는 바람을 맞으며
긴 후광을 남기고
잠적해 가는 석양을
바라다보다
게으른 손끝으로
가리키는 구절초 한 송이에
기대어 무릎을 세우는
술시의 기상

기다림에 말라가는
시간마다 목이 타오르고
마른 눈물이 되어
뚝뚝 떨어지는
그리움의 조각들
쓸려가는 길목마다
촛불을 돋우며

더디 오시는
임 기다리는
응시,
계절은 잊혀져갈 수록
더 깊어져 가기만 한다

___ 제4부

누군가 사랑이 향기라 하여

누군가 사랑이 향기라 하여 마음과 머리 흐르는 핏속까지 온 동네를 다 뒤져 보고 둘러보았다 찾을 듯 찾길 듯 그러나 향기의 근원지인 사랑은 손끝에 등불이 켜지듯 가슴에 투명한 빛이 비치듯 밝아져 오는 것이 아님을 알았다 내게 사랑은 이미 잊힌 존재인가 원래부터 없었던 것인가 아니, 멀리 떠나가 버리기라도 한 것인가 이제는 그만 사랑을 찾아 떠나는 긴 여행은 멈추어 서야 할 때가 되었다 싶었다 사랑이 향기라 하여 눈을 감고야 말았다 양손을 옆으로 벌리고 침묵의 시간이 한참 흐르고서야 그리고 자신을 스스로 내게서 풀어 놓아주고서야 바람 속을 더듬어 코끝에 머물러서는 향내가 있음을 알았다 서서히 온몸에 흘러서 들어오는 것 누군가의 온기와 미소가 그림자처럼 다가와 서는 것이 있음을 알았다 모두를 내려놓고서야 얻은 자유 속에 텅 빈 빈손이 남기는 흔적, 기념비도 승전가도 아닌 결코 가슴에 우뚝 서지 않는 것 오직 그윽한 향기로 머물고 가슴을 휘몰아 흐르는 것임을 알았다

그리움의 끝에

한 방울 끝물처럼 떨어진 만남
애써 새겨두지 않아도
지문처럼 남는 사람들
해묵어 꺼칠해진 목청과 숨관을
훑어 뚫어 내리는 출렁거림이었다
입술에 달라붙어 흘러내리는
한풀 두풀 겹치는 율동의 윤슬이었다
갈 하늘 황금 벌판이
번쩍이던 바로 그 자리에
털썩 주저앉고야 만 안락함이었다
거기 스멀거리던 가슴 하나 뛰고 있어
참아낸 눈물 같은 날을 달래는
토닥임이었다
덥석 먼발치에서 한 뼘 눈 악수를 청한
그녀의 아름다운 미소에
내어 몰린 방황이었다
손끝에 매달리어
발끝으로 입고 온 환복을 걷어치우고
낡지 않은 노래로
갈아입는 오월의 밤은

그리움보다 더 깊이 팬
자국으로 남은 밤이었다

응원

체기로 핼쑥한 날
손끝 따고 등 두드려
기를 뚫어내는 날

정상에 선 기운으로
달려가 깃대 꽂고
먼 발치의 너를 만지며
고꾸라진 무릎 펴
꺾어진 허리 일으키는 날

어딘가에서
달려 오고 있을 널 기다리며
들판의 새참 기다리는 흥겨움으로
정오의 땀방울마다
장미향 뿌리고
하늘 향해 펄럭이는
치솟는 깃발이 되어
너보다 내가 먼저
휘날리는 날

그리움으로

그리움으로
그대의 눈 속에서
하얗게 태어나는
사람은
시선으로
태워내는 공명이다

눈을 감지 않는
그대 안에서 그려질
가을 풍경 속으로
잠들지 않던 그림자가
비로소
꿈을 깨고

별이라 부르는 길을
재촉하다가
바람은 숨소리임을
깨닫는 소통의
목메임에
구름강을 건너 온

사랑의 씨는

은물결 되어

반짝거린다

너
- 가을 편지

자명한 사실은 말이야

네가 있어
꼭 나 같은
내가 된다는 것이야

네가 사는 내 속이
심상찮으리만큼
더 이상 허하지가
않다는 거야

차오르는
내가 너무나 신기해서
거울도
맨날
나를 기다리는데

정작
넌
그 사실을 모르는 것 같아
내가 미치겠다는 거야

사랑놀이

젓갈냄새 비린내
시큼한 하루살기

죽다살다 기어온
한마당 세상살이

한나절 길고길고
짧은 밤 꿈나들이

굿거리 세마치에
한바탕 사랑놀이

창가

결코
제 마음의 뜰에
당신의 뜻을 심은 적 없는데
어느새
밤바람 속에
따스한 입김을 불어넣어
당신이 계신 흔적을
남겨 두셨습니다

결코
저의 서재와 발코니에
당신이 다녀가시기를
기다린 적 없었는데
어느새
투명한 유리창에
출렁이는 은빛 물결을
흘려보내 주셨습니다

결코
저의 꿈길을 당신에게

내어 드린 적 없었는데
어느새
바람 길로 오셔서
창가의 꽃잎을 흔드시고
저를 깨워 주셨습니다

결코
저의 가슴앓이 냉가슴의 고백을
당신에게 드린 적 없었는데
어느새
당신의 뜨거운 숨길로 피우신
개나리와 진달래꽃을 창가에
가지런히 꽂아 두셨습니다

꽃잎

살점
떨어지는
아픔

패인
골마다
맺힌 눈물방울
흘러
편
햇살의
파편

거역할 수 없는
붉은
사랑

찰나의 염원

사뿐히 내려앉는 기대는
발 위에 올려놓고

사각의 눈 속에
접히지 않을 평면
손끝에 모은
뇌세포를 동원한
알파벳과 자음과 모음이
어우러지는 빛줄기로
그늘에 담아내는
순간의 채색

더 이상 흐를 줄 모르는
멈추인 시간에
따옴표를 찍고
숨 쉬는 염통을 박아 넣는
찰나의 염원

Gracias

합장한 두 손 아래로
흘러나는 소리

지루한 하루해와
탈색한 빈 가슴에
그려지는 빛의 무늬

삶이라는 눈의 조리개
은밀하게 열어주는 눈물

바쁜 들숨과 날숨
쉬어가게 하는 자유

포기할 수가 없는
생의 원소기호 일 번

감사

그 사람

뒤돌아 가는 길
가물거리는 점 되어
멀어져 가던 날부터
눈길에 머물다
가슴에서 점점 커지는
그 사람

모래알 헤는 시간
강물처럼 흐르는 까만 밤에
머물러 설 때마다
어제처럼 가까운 거리에서
목젖까지 차오르는
그 사람

잎새 지는 바람에
일렁이는 안개 자욱한
기다림마다
꽃잎 붉은 햇살 고이는
향긋한 추억으로 남는

그 사람

아쉬움 남긴 이별에
셀 수 없는 저린 통증으로
찾아와
더운 눈물 같은
미소 한 방울씩
뿌려주는
그 사람

빈 가슴 내밀어
심호흡 내어 쉬면
발길처럼 다가와
은빛 손
내밀어 주는
아픈 만큼
더 아름답게 보이는
그 사람

익어 간다는 것

지는 꽃 이파리 한 장에
가슴 빼앗기던
물빛 일렁이는 촉촉한 날
성큼 점령하던
검은 하늘 고인 날

쿵쿵대고 칭칭대는
사물놀이 한바탕의
허공의 진동과
땅을 놀라게 하는 번개놀음에
외줄 타기 곡예하는
숨 가쁜 한나절

쏟아진 폭우
물기 흥건한 거리
담금질해 내는 습한 열기
익혀내고 썩혀가는 유전자를
끓여내어 정렬하는 하루
나뭇잎 모양

공중에 댕그랗게 매다는
뜨거움이다

붉은 노을 속으로
타들어 가는 망각이라는
이별을 정죄하며
별빛의 기억으로
밤을 삭히는 속살 뜨거운
그리움이다

땀방울마저 타는
지루한 기다림과
끓는 태양 아래에서
첨벙거리는 남극 백곰들의 노래로
익어가는 모든 단단한 것들 속으로
사막의 미라에 묻힌
변질하지 않는 시간을
채워 넣는 박음질이다

수유

별이 사랑이던 바로 그 밤
당신이 자리하신 그곳이
나의 날과 시간의 첫걸음
아직도 가슴은 그 모태를
떠나지 못해서 울음 울고
봉긋한 밥상이던 향연은
선물이 된 평안과 그리움
강보에 갇히던 젖비린내
해진 날들 껍질의 소독제
존재의 초성 울어 젖힘이
깊어간 인생의 숲이 되고
잠자리 떠나지 않던 숨결
홀로서는 외로움의 등대

공작소

형체도
향기도
자취도 없이

보이지 않고
만져지지 않고
가슴 한곳
따뜻하게
구워서
데워내는 곳

말하게 하고
웃게 하고
눈물나게 하는
은밀한 공작소

살과 혼을
일곱 색깔로
주물러 빚어내는

작업실

...

사랑

광대
- 페르소나

인중에 남은 마지막 미소의 흔적
가늘고 깊은 주름살 속에
어둠처럼 스미고

충혈된 두 눈 속 자음과 모음
뒤집히고 엎질러져서
소낙비처럼 쏟아지다 그쳐버렸다

죽은 햇살 머무는 자리마다
굳어진 혓바닥
닳아지고 뒤틀린 몸통

소리 없이 땅을 기며 살아온
설움 복받쳐
분출되는 아드레날린으로
온몸 뜨겁게 달아오른다

지난날 상처 되새김질하다
견고한 쇠창살에

갇혀버린 광대

오늘도 탈을 뒤집어쓰고
웃음을 덧칠한다

제5부

외마디

마지막 외마디에
하늘길
여셨거든

무어라 하신 게요
남겨진
우리에게

못다한 눈물이 있다
전한 게요
그 외침

어디로 가신 게요
외마디
남겨두고

빈자리 더듬으면
마른풀
꺼칠한데

남겨둔 미련이 있다
전한 게요
그 주검

귓전에 남아도는
순결한
그 한마디

겨레의 심장 속을
살아온
숨이 되어

일어나 하나 되어라
전한 게요
그 절규

한가위

흐르는 날 수보다 갑절로 그리운 날
먼 하늘 삼십 년에 달무리도 서럽거든
시린 맘 껴안을수록
밀려오는
적막함

달빛에 우러나는 솔향이 짙어지고
쟁반 달 맑은 눈길 들창에 다다르니
찾아든 그리운 얼굴
함박꽃
웃음
만발

꽃 바보 갈바람

아침 해 붉은 햇살 언덕 위 불을 놓고
들국화 한 송이가
등 굽혀 인사하네
눈 감고 웃는 꽃잎에
두 손 모은
홍단풍

촉촉한 이슬방울 꽃잎에 머물다가
떨어져 꽃비 되니
햇살도 긴 목 빼어
갈 노래 불러 젖히니
놀랜 하늘
뜀박질

갈바람 한 줄기에 토끼풀 술렁술렁
철 지난 토끼풀 꽃
한 송인 어깨 들썩
꽃 바보 철든 갈바람
가던 길을
머무네

고백

마지막 숨 내쉬고
내뱉은
그 한마디

서로의 반쪽 통로
하나로
이음으로

산 속에
누웠던 천년
일으켜
세움이라

생의 흔적
– 매미 울음

그늘진 이파리에 머무는 공명의 궤적

두고 온 하늘가에
소리는
길을 트다

하나씩

붉은 구름에

새겨지는

생의
흔적

꽃무릇

기다려 목이 메인 꽃대의 울음인가

그리다 스러져간
꽃잎의
슬픔인가

바람에 속삭인 고백

사랑이라

전
하
네

그미

내 속에 네가 있어
긴 세월
외롭더라

네 속에 내가 있어
가슴은
멍들더라

맑은 밤 가시 유성엔
그리움마저

아프더라

홑 이파리

흙바람 흔들림이
하늘을
감아도니

후두둑 떨어지는
장대비
소란한데

거미는 제 몸을 맡겨
빗물 속에
흔들린다

떨리는 홑이파리
가지에
몸 기대어

거미줄 한올한올
붙들어
놓지 않고

후루룩 날아드는 새

빗물 막아
곧추선다

눈길

가슴에 어둠 지고 설움에 복받쳐도

아플수록 더 깊고

슬플수록
더 맑아

어둠에 밝아오는 빛

등불 하나

네
눈길

새벽노을

바위산 모래 되도록
한 번을
휘지 않은

홍채 속 망막 위로
꽂히는
붉은 화살

산새 등 깃털 세우는

붉은 바람
여울목

가슴 속 스며들어
쓸어내리는
빛 노을

심장 속 파고들어
굳은 혀

풀어내어

숨 죽은 그리움의 시

불러내는
강줄기

발자국 끝에서

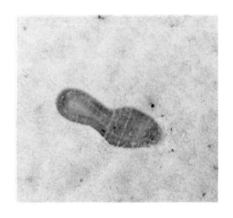

이별은 이별을 설명하지 못하고
뿌려진 눈물과 화해하던 그 날
그를 알고 진심을 읽었던 순간마다
어둠을 헤쳐 등불 하나씩 밝힌
날이었음을 알았습니다

The Last Footstep

A departure did not grasp a farewell

It was the day I reconciled

Through scattered tears

Each moment of knowing him

And to know him sincerely

Were the days

That illuminated darkness

나목

주검의 껍질 위
얼음집 지어

혀끝에 흐르는
호흡에 기대는

홀로서기

당신을 향한 사랑과 그리움

김완하

1

　박창호 시인의 첫 시집을 읽는다. 그는 그동안 수십 년이나 써왔을 시들을 모아서 이제야 첫 시집을 내기로 용기를 낸 것이다. 필자는 지난해 여름 8월 6일에 미국 시카고를 방문하였다. 그것은 시와정신국제화센터의 주관으로 시카고에서 열리는 제2회 국제문학 심포지엄에 참석하기 위한 것이었다. 내가 시카고를 방문하는 것은 지난해가 처음이었기에 대단히 기대가 되기도 하였다. 인천에서 13시간 정도의 비행으로 드디어 오헤어 공항에 도착하였다. 한국의 무더운 날씨를 피해서 날아간 터라 시카고 날씨에 대해서 큰 관심이 있었다. 공항을 막 빠져나오자 섭씨 24도 정도의 서늘한 날씨가 무엇보다도 나를 먼저 반겨주었다. 나는 그동안 미국에서는 주로 샌프란시스코와 로스앤젤레스 부근에 익숙했는데, 한여름에도 그렇게 서늘한 날씨 속에서 나의 시야에 다가온 시카고는 대단히 평온하였다. 우선 도시는 평지와 같은 지형으로 넓고도 평화로웠다. 그리고 곳곳마다 나무들이 많다는 것이 대단히 인상적으로 다가왔다. 근처에 있는 미시간 호수를 찾았을 때 그 크기는 정말로 경이롭기까지 하였다.

도착한 당일 저녁 한인회관에서 열린 행사에는 70여명이 함께 하였다. 그렇게 시와정신국제화센터가 주관한 제2회 국제문학 심포지엄은 대성황을 이루었던 것이다. 그리고 다음날부터 2박 3일간 이어진 문학기행은 더 유익하고 뜻깊은 시간이었다. 함께 한 20여 명의 시카고 문인들과 차량으로 이동하면서 나누었던 유쾌하고 즐거운 대화는 아직도 기억에 생생하게 남아 있다. 미시시피 강에 도달해 유람선을 타고 살펴본 강의 흐름은 유장하면서 여유롭기도 했다. 평야를 따라가며 이어지는 일정은 한가하고 문학적으로 진지한 순간들이었다. 링컨기념관과 헤밍웨이 생가 등을 둘러보면서 미국 문화의 저변을 어렴풋이나마 느낄 수 있었다. 또한 톰 소여의 모험, 허클베리 핀의 문학 공간도 둘러보았다. 틈틈이 쉬는 시간에는 문학 특강 형식의 대화를 나누기도 하였다.

그때 내가 시카고 문인들과 함께 하면서 느꼈던 것 가운데 하나는 이분들도 이제 첫 시집을 내야 하고 그 계기를 내가 만들어야 할 것 같다는 사실이었다. 그동안 20~30여

년이나 써온 원고들을 정리하여 책으로 낸다면 이분들의 문학도 한 흐름 매듭이 지어지고 새로운 물길이 열릴 것이라는 판단이 들었기 때문이다.

2019년 9월 말에는 시카고 문인들이 한국에 와서 시와정신국제화센터와 3박 4일간의 행사를 갖기로 되어 있다. 그래서 이번에 그 계기를 맞이하여 다섯 분들이 첫 시집을 출간하게 되는 것이다. 이 다섯 분들의 시집이 출간된다면 그것은 하나의 사건으로 기록이 될 수도 있을 것이다. 아무리 많은 원고들이 잘 정리되고 간직되어 있다고 해도 그것은 아직 문학의 범주 안에 들어오는 것은 아니기 때문이다. 그러므로 박창호 시인의 시집은 그동안 수십 년간 시간의 묵은 때를 벗고 피어나는 시카고 한인문학의 화려한 빛이며 언어의 축제라는 의미를 부여할 수 있는 것이다.

2

박창호 시인의 첫 시집은 우선 무엇보다도 독자들에게 정서적으로 공감을 주면서 다가온다. 그의 시집은 쉽게 읽히면서도 진한 감동을 준다. 그의 첫 시집에 담겨 있는 주제는 전반적으로 당신을 향한 사랑과 그리움이라고 말할 수 있다. '사랑'이나 '그리움'은 대상을 향한 애틋한 마음이라는 정서적 동일성을 갖는다. 이점에서 박시인은 서정 시인으로서의 면모를 유감없이 발휘하고 있는 것이다. 우선 그의 표제작인 「당신의 계절」을 읽어보면서 그의 시세계로 들어가보기로 하자. 한 시집의 표제작에는 그 시집 전체를 관통하는 상징성이 담겨 있다고 말할 수도 있기 때문이다.

꽃들 속으로
빗물처럼 내리는
달빛
오월의 저녁은
하얀 빛으로
스며오는
그리움이다

계절 모르고 핀
연하고 붉은
장미의 잎 속엔
아직도
하늘처럼 맑던
그 소녀가
담아내던 달빛의
눈망울이
반짝이는데

잠시라도
눈을 감으면
주루룩
흘러내릴 것만 같은
염원의 아침을
만지작거리는
섬섬옥수의
어미의 눈길

6월을 향하여
바라다보는
당신을 만난다

- 「당신의 계절」 부분

　박창호 시인의 시는 매우 섬세하고 무엇보다도 쉽게 다가
온다. 요즈음처럼 시와 독자들의 소통이 어려운 때에 그의
시가 갖는 미덕이라고 할 수 있다. 그리고 그의 시에는 서정
성이 짙게 드러나 있다. 위 시는 '당신'에 대한 사랑이 정감
어린 언어로 펼쳐지면서 서정을 잘 감싸 안고 있다. 위 시에
는 '꽃', '빗물', '달빛', '장미', '하늘' 등의 다양한 자연
물이 등장하고 있다. 그리고 그 이미지들의 근저에는 그리움
이 자리하고 있다.

　일반적으로 서정시의 시간은 늘 현재로 나타난다. 시간으
로서의 과거 또한 그런데 이 시에서 '당신'은 '소녀'로 나
타나고 있다. 그러기에 계절도 "오월의 저녁"으로 표상되어
있다. 그만큼 모든 대상이 한껏 생명으로 피어나는 5월에 닿
아 있는 것이다. 이 시에서는 표제와 함께 박창호 시인의 정
서적 큰 흐름을 파악할 수 있다. 그것은 당신을 향한 사랑과
그리움이다. 이 시에서 '당신'은 어머니라는 구체적인 대상
으로서의 모습을 담지하기도 하지만 인간 보편적인 그리움
의 대상을 의미하기도 한다.

　이 시의 마지막 연은 당신의 계절을 좀더 구체적으로 보여준
다. "삶이 희망이라는 / 제목의 묵화를 / 온 육신의 화선지에 /
하얗게 물들여가며 / 써 내려가는 / 당신의 계절은 / 노래가 되
고 / 이 한적한 / 오월의 밤을 / 흔들어 흔들어 / 깨우고 있다"라

고 표현하였다. 곧 당신은 여성적이며 모성으로서의 자연과 대지의 상징으로도 읽을 수 있을 것이다. 이렇듯이 박창호 시인의 시는 서정시의 면모를 보여준다.

다음으로 박창호 시인의 시는 크게 장르와 형식적으로도 특성이 두드러진다. 그것은 산문시와 시조의 형식이 공존하고 있다는 점이다. 이러한 사실은 그의 시세계가 전통적인 시조와 함께 하면서도 산문시에 대한 새로운 탐구를 시도함으로써 그의 시는 다양성을 간직하고 있다는 것이다.

그의 시집에서 첫 번째로 수록되어 있는 산문시를 읽어보도록 하자.

나를 희망이라 불러준 네가 궁금해진 하루를 기다림으로 보낸 밤 겨울잠 깬 내게 네 가슴 열어 희망이라 속삭인 너, 길고 길었던 나의 겨울 얘기를 나누고 싶어진 건 네게도 나와 같은 겨울 얘기가 있었다는 것을 알게 된 때문이지 나의 투명한 듯 여린 새순을 희망이라 읽고 있는 것처럼 너의 가물거리는 모습 또한 희망의 첫 신호인 게 틀림이 없어 북풍 찬 서리 눈보라 속 얼음 굴에서 숨죽여 딱딱하게 굳어지고 말라가지 않았더라면 난 오래전 벌레들의 밥이 되고 흙 속에서 썩어지고 말았을 거야 모든 죽어가는 것들과 마지막 꿈마저 사르는 이들의 슬픈 얘기 지켜낸 너의 수 없이 많았던 날의 사연처럼, 주르륵 흘러내릴 것만 같은 촉촉한 눈물만큼이나 밝아진 나의 연한 살 속까지 네가 스며들어와 주었지 밤 깊을수록 네 눈가의 미소가 더 아름답게 비칠 첫 4월의 봄밤을 기다리며 나의 붉은 꽃의 열망과 소원까지 환히 읽어 내리고 있을 너에게 그리움의 길을 열고 5월의 강둑에 서는 날 나의 짙은 향기로 너를 다시 만나게 될 날을 기다릴 거야

－「새순의 노래, 별에게」 전문

위 시는 박창호 시인의 첫 시집 『당신의 계절』에서도 수작으로 꼽을 수 있는 작품이다. 시 바탕에 깔려 있는 리듬과 운율이 독자들을 시 속으로 강하게 끌어들이는 역할을 하고 있다. 시인은 '새순'과 '별'의 동질성을 강한 생명력의 발산으로 표출해내면서 4월과 5월의 자연 속에 피어날 희망을 노래하고 있다. 이 시에서 강조하고 있는 '희망'과 '기다림', '꿈', '열망', '소원', '그리움', '향기' 등의 긍정적인 정서적 기표들로 하여금 봄을 지향하는 시인의 내면이 훤히 드러나고 있다. 봄의 역동적인 기운 앞에 선 시인의 긍정적인 자세를 읽을 수 있다.

이 시에서 보여주고 있는 내적의지는 강한 생명의 활력이자 열정이다. 시를 사랑한다는 것은 곧 생명의 본질을 지향한다는 것과 별반 다르지 않다고 본다. 나아가 그것은 미래에 대한 확신이자 기다림인 것이다. 그런 점에서 박창호 시인의 시세계의 핵심은 바로 이 시에 드러나 있듯이, 곧 생명과 사랑 그것인 셈이다. 그러한 것은 다음의 산문시 「누군가 사랑이 향기라 하여」에서도 다시 확인할 수 있다.

누군가 사랑이 향기라 하여 마음과 머리 흐르는 핏속까지 온 동네를 다 뒤져 보고 둘러보았다 찾을 듯 찾길 듯 그러나 향기의 근원지인 사랑은 손끝에 등불이 켜지듯 가슴에 투명한 빛이 비치듯 밝아져 오는 것이 아님을 알았다 내게 사랑은 이미 잊힌 존재인가 원래부터 없었던 것인가 아니, 멀리 떠나가 버리기라도 한 것인가 이제는 그만 사랑을 찾아 떠나는 긴 여행은 멈추어 서야 할 때가 되었다 싶었다 사랑이 향기라 하여 눈을 감고야 말았다 양손을 옆으로 벌리고 침묵의 시간이 한참 흐르고서야 그리고 자신을 스스로 내게서 풀어 놓아 주고서야 바람 속을 더듬어 코끝에 머물러서는 향내가 있음을 알았다 서서히 온몸에 흘러서 들어오는 것 누군가의 온기와 미소가 그림자처럼 다가와 서는 것이 있음을 알았다 모두를 내려놓고서야 얻은 자유 속에 텅 빈 빈손이 남기는 흔적, 기념비도 승전가도 아닌 결코 가슴에 우뚝 서지 않는 것 오직 그윽한 향기로 머물고 가슴을 휘몰아 흐르는 것임을 알았다

- 「누군가 사랑이 향기라 하여」 전문

이 시에는 사랑의 본질에 대하여 공감각적으로 표현하고 있다. "누군가 사랑이 향기라 하여 마음과 머리 흐르는 핏속까지 온 동네를 다 뒤져 보고 둘러보았다"는 첫 문장에서도 알 수 있듯이, 시인은 사랑의 느낌을 구체적인 향기로 접근하려 한다. 그러나 그것은 종국에 밖으로 드러나는 향기가 아닌 것을 알게 되는 것이다. "모두를 내려놓고서야 얻은 자유 속에 텅 빈 빈손이 남기는 흔적, 기념비도 승전가도 아닌 결코 가슴에 우뚝 서지 않는 것 오직 그윽한 향기로 머물고 가슴을 휘몰아 흐르는 것임을 알았다"는 것이 그것을 말해주는 것이다.

그러나 사랑이 향기라 하여도 그것은 눈을 뜨고는 찾을 수 있는 것이 아니다. 오히려 그것은 눈을 감고 침묵이 흐르는 시간 속에서야 확인할 수 있을 것이다. 그것은 "누군가의 온기와 미소가 그림자처럼 다가와 서는 것"이라는 점에서 그러하다. 사랑은 "가슴에 우뚝 서지 않는 것 오직 그윽한 향기로 머물고 가슴을 휘몰아 흐르는 것임을 알"게 되는 까닭이다. 이렇듯이 박창호 시인의 감성은 대단히 섬세하고도 깊이가 있는 것이다.

또한 박창호 시인은 시조를 열심히 쓰기도 한다. 더욱이

그의 시조는 시를 능가하는 수준을 보여준다고 판단한다. 내가 미국에서 2년간 연구년을 보내면서 체험한 것 가운데 하나는 우리 시조가 대단히 중요하다는 점을 깨달은 것이다. 자유시의 경우 그것을 번역한다고 해도 금방 한국 시의 특성이 드러나기 어려운데 시조는 그 형식적 측면에서도 곧바로 개성이 드러나기 때문이다. 나아가 미국에서 이민생활 중에 한국적인 것에 대하여 강렬한 의미를 일깨워줄 수도 있기 때문이다.

빨간 꽃 진 자리에 파랗게 멍든 자국

무리별 눈물인가
지난 꿈 무덤인가

서러운 달 그늘 삭인
갈길 잃은

머무름

– 「머무름」 전문

위 시조에서 우리는 박창호 시인의 오랜 습작을 거친 뒤에 이뤄낸 문학적 성과를 파악할 수 있다. 이 작품에서는 꽃이 지고 난 가지에 상실을 넘어선 뒤에 열리는 생성의 힘, 모든 것은 잠시 머무는 것이라는 깨달음, 그리고 그 각각의 머무름은 전후의 연계성을 통해 인과성과 발전으로 이어진다는 점 등을 읽어낼 수 있다. 시조의 3장 형식이 4연의 6행으로 새롭게 배열되어 형식적으로도 신선하게 다가온다. 시적 구성을 살펴보면 '빨간'과 '파랗게'의 대조, '눈물'과 '무덤'의 대비, 그리고 '달 그늘'과 '머무름'의 은유적 연결은 우리에게 이 시조를 복합적 의미로 읽도록 유도한다.

　박창호 시인의 시조는 매우 세련된 면모를 보여주고 있다. 뿐만 아니라 형식의 다양성을 구가하기 위해서 다양한 행과 연 구분을 적극적으로 활용하고 있음도 알 수 있다. 그것은 다음 작품에서도 확인할 수 있을 것이다. 시인은 3장으로 구성되는 시조를 6연의 8행으로 구성하고 있기 때문이다. 그러한 가운데 시조의 형식적인 측면에 추가된 자유로움을 통해서 읽기 쉽게 하고 시각적인 이미지의 측면들을 더욱 강조하고 있는 것이다.

　　가슴에 어둠 지고 설움에 복받쳐도

　　아플수록 더 깊고

　　슬플수록
　　더 맑아

　　어둠에 밝아오는 빛

　　등불 하나

　　네
　　눈길

　　　　　　　　　　　　　　　　－「눈길」 전문

이 작품에서는 대조법과 절과 구의 대치를 통해서 시조의 정적인 측면들을 해체하여 의미구조를 역동적으로 열어놓고 있다. 시조의 단정함에 의한 3장의 함축을 넘어서, 맑고 투명한 이미지의 전개를 통해 새로운 영역으로 능동적으로 펼치며 제시하고 있다. 시조로서의 형식적 완결성을 간직하면서도 연의 처리가 매우 자유분방하게 전개되어 짧고 간결한 행으로 처리됨으로써 대단히 신선한 면모를 펼쳐보여 준다. 시조에 여백의 미학을 극대화하고 적극적으로 펼침으로써 시각적으로도 눈길을 끌고 흥미를 유발하며 시적 의미를 높여주고 있다. 오늘날 시조들이 처한 한계를 넘어설 수 있는 방안으로도 눈여겨 볼 필요가 있다고 하겠다.

박창호 시인의 시조는 형식적으로 다양한 면모를 보여줄 뿐만 아니라, 내용에서도 다양한 감정과 정서를 자유롭게 표출하고 있다는 점을 보여준다.

내 속에 네가 있어
긴 세월
외롭더라

네 속에 내가 있어
가슴은
멍들더라

맑은 밤 가시 유성엔
그리움마저

아프더라

- 「그미」 전문

　위 시조에는 형식적 간결함으로 '너(그미)'에 대한 사랑의 정서를 노래하고 있다. '그미'는 정갈한 표현으로 '그녀'라는 의미로서, 그리운 대상으로서의 여성적 인물을 표현한다. 그러므로 박창호 시인은 시적 주제인 생명과 사랑의 의미를 드러내는데 있어서 시조로도 큰 어려움 없이 형상화할 수 있는 것이다. 우선 '외롭더라', '멍들더라', '아프더라' 등으로 이어지는 종결어미의 '더라' 형식은 새롭게 보인다. "내 속에 네가 있어"와 "네 속에 내가 있어"의 반복과 대조는 이 시의 중심적인 기법으로 자리한다. 또한 이 작품의 시간과 공간의 규모는 매우 크고, '유성'이라는 대상과의 관계를 통해 감각적으로 표현하고 있는 점이 인상적이다. 이 시조의 부분들은 전체의 의미부여에 적절히 기여하면서 시조의 미학적 성과를 이루어내고 있다.

　이러한 토대 위에서 박창호 시인의 시에는 자유롭고 유장하며 긴 호흡들이 조화롭게 펼쳐지고 있다. 그리고 그가 주된 정서로 표출하고 있는 당신을 향한 사랑과 그리움을 집약적으로 보여주고 있다. 그러한 점들은 그의 시 제목에서도 명시적으로 드러나고 있다. 「그리움으로」 「그리움의 끝에」 「기다림」 「기원」 「추억」 등이 그것이다.

　그의 시에서는 그리움이라는 정서를 전면에 내세우고 있다. 바로 이 지점에서 그의 시가 새로이 나아갈 길을 살필수 있을 것이다. 그의 시에 나타나는 그리움이란 인간의 본능적이고 보편적인 정서이다. 그러기에 다소간 모호하고도 추상적인 면을 띠기 때문이다. 그런 점에서 앞으로 그의 시는 좀더 구체성을 띠면서 전개해 갈 필요가 있다고 판단한다. 인간 존재는 사회적 맥락과 함께 할 때 개인적 내면이 좀더 구체성을 띠면서 드러날 수 있을 것이다. 이때 그의 시에는 시대성이 담길 수도 있기 때문이다.

더욱이 박창호 시인에게는 미주에서의 30여 년이라는 경험세계가 있다. 그가 이민생활로 지내면서 겪어 형성된 의식세계가 반드시 있을 것이기 때문이다. 박창호 시인의 작품에서는 아직 이점이 구체적으로는 드러나지 않고 있는 듯하다. 그런 점에서 박시인은 앞으로 이 부분에 주력하여 시 창작에 전념해 간다면 또 다른 영역에 대한 접근이 가능하다는 점을 염두에 두고 노력을 펼치기를 기대한다.

3

앞에서 제시한 방향의 기능성은 이미 박창호 시인의 작품 안에서도 빛이 나고 있다. 그것은 다음의 시에서도 살필 수가 있다.

당신은 꽃이에요
당신은 진짜 꽃이에요

제발,
시들은 척 하지 말고
조화인 척도 하지 마세요

그냥,
가만히 있어도 아름다운데

한 번씩
바람에 흔들리면
지나가던 구름도
찔끔찔끔 비 뿌리고

날아가던 새와 벌, 나비도
참지 못해 춤을 추게 되잖아요

당신은 진짜 꽃이에요

기억 속에 아니고
추억 속에는 더욱 아니고

- 「당신은 꽃이에요」 부분

　이 시에 당신이 구체적으로는 등장하지 않지만, 시인의
의식 속에 존재하는 어떤 대상에 대한 간절한 그리움을 드
러내고 있다. "당신은 꽃이에요"에서 그 대상은 '꽃'이라
는 생명과 사랑의 상징으로 제시되었다. 그것은 '꽃' 가운
데서도 '진짜 꽃'이다. 그래서 '시들은 척', '조화인 척' 하
지 말라고 하였다. 그것은 생명의 본질이며 사랑의 본질인 것
이다. 그것은 주변의 '바람', '구름', '비', '새', '벌', '나
비'의 사랑에 의해서 꽃으로 피어난다. 그렇게 당신은 자연의
관심으로 언제라도 꽃을 피울 수 있는 상태로 존재해줄 것
을 요구하는 것이다. 그러므로 당신은 나의 사랑을 받아들

여서 더 새롭고 아름다운 것으로 피어날 수 있기를 기대하는 것이다. 사랑으로 대상과 만나고 상대에게 사랑을 주고받고 싶은 것이 이 시집의 전반적인 주제일 것이다.

박창호 시인의 첫 시집은 전체적으로 조화와 균형과 함께 변화와 새로움을 향한 관심을 집약적으로 보여주고 있다. 형식적으로는 간결하고 정제된 면이 단정함과 함께 산문시의 수용으로 다양성도 간직하고 있다, 이러한 점들은 새로운 시도이기도 하지만 그것은 그의 시적 역량을 바탕으로 이루어지고 있다는 점이다.

그런데 무엇보다도 그 속에서 그의 시적 가능성을 살필 수 있다는 점이 중요한 것이다. 박창호 시인의 첫 시집은 시적 형식이나 내용의 측면을 두루 아우르는 수작이라 평가할 수 있다. 시인이 앞으로 심혈을 기울이며 시를 써서 다음 시집에는 좀더 확연하게 진전된 면모를 보여줄 것을 기대한다.

미국 시카고 문학에 하나의 꽃봉오리가 피어났다. 그 꽃은 하나의 꽃이 아니라, 또 다른 꽃으로 피어날 것이고, 또 다른 꽃들을 불러올 것이라고 믿는다. 박창호 시인의 앞날에 시인으로서의 큰 영광이 있기를 진실로 기대한다.

김완하 | 시인, 한남대 교수

시와정신해외시인선 4

당신의 계절

ⓒ박창호, 2019

초판 1쇄 | 2019년 8월 30일

지 은 이 | 박창호
펴 낸 곳 | **시와정신**
주   소 | (34445) 대전광역시 대덕구 대전로1019번길 28-7
　　　　　 신창회관 2층
전   화 | (042) 320-7845
전   송 | 0507-713-7314
홈페이지 | www.siwajeongsin.com
전자우편 | siwajeongsin@hanmail.net
편   집 | 정우석 010_9613_1010
공 급 처 | (주)북센 (031) 955-6777

ISBN 979-11-89282-16-5   03810

값 9,000원